Lidia Anderson y
Noa Sánch(

CW00848324

Madrid, mayo de 2020.

Editora: Cristina Palomo Pilar.

Diseño de portada cedido por: Elisabet Sayago González.

Registrado en Safe Creative:

https://www.safecreative.org/work/2005304197867-lidia-anderson-y-sus-aventuras

Para los sanitarios, que siempre estuvieron ahí.

Me pasa algo inesperado

1

Hola. Me llamo Lidia Anderson, y, aunque te resulte extraño, antes era una pequeña flor.

Bueno, en mi campo hacía un día soleado. Por allí, pasaban un chico y una chica, y me pregunté algo que nunca me había planteado: "¿Qué se sentiría al ser humana?" No me dio mucho tiempo para pensarlo, puesto que la gran zapatilla del chico, se me puso encima. Cuando ya me preparaba para mi fin, oí la voz de la chica que gritaba:

— No pises la flor, Jack!

Me quede atónita.

— ¡Cállate enana! ¡Las plantas no tienen sentimientos! — respondió el tal Jack.

— ¡Sí los tienen! —le reprendió la chica—. ¡El único que no tiene sentimientos eres tú! ¡Y no me digas enana! Tengo 11 años y ¡soy tu hermana!

— ¿Y...? — dijo Jack en tono burlón—. Yo tengo 22 años, así que no me tienes que decir lo que tengo que hacer.

Parecía que la hermana de Jack iba a decir algo pero se lo pensó mejor y se calló.

— Venga vamos a casa, es tarde, Blanca — dijo Jack con enfado.

Le debía un favor a Blanca, pero, ¿cómo? Yo solo era una pequeña flor.

Al día siguiente me maldeci por no haber pedido un deseo con la cantidad de estrellas fugaces que cayeron. Intenté levantarme como todos los días. Nunca lo conseguía, obviamente, pero hoy... hoy era diferente. Me levanté. Miré abajo y... ¡tenía piernas! Fui corriendo a la tienda más cercana a verme en el reflejo del escaparate. Y cuando me vi, no es por presumir, casi me desmayo. Era guapísima. Tenía el pelo castaño, los ojos verdes y la ropa no me preguntéis de dónde la saqué: unos pantalones vaqueros rotos, una blusa blanca y unas zapatillas *Fila* blancas. En la cara tenía muchas pecas.

No sabía qué hacer. Y entonces me acordé de Blanca. Salí a toda prisa y me la encontré... huyendo. De su hermano, supuse.

— ¡Ven!— le grité—. Por aquí. Sígueme.

Por suerte, me siguió. La llevé a un rincón "secreto" y cuando parecía que le habíamos despistado, dijo:

— ¡Vaya, muchas gracias! Esto... ¿nos conocemos?

Negué con la cabeza:

— Bueno, más o menos.

— ¿Cómo que más o menos? — preguntó.

— ¿Te acuerdas de la flor que salvaste ayer?

— Sí ¿por? Espera, ¿cómo lo...? – dijo atónita Blanca.

— Esto puede que te resulte extraño pero... yo era esa flor.

Esperaba que dijera: "Estás loca. Adiós." Pero en cambio contestó:

— Te creo.

— ¿En serio?

Blanca asintió:

— Claro.

— ¿Por?

— ¿Es mentira?

— No.

— Entonces, ya está.

Al pasar 5 minutos le tendí la mano y me presenté:

— Me llamo Lidia.

Me la estrechó y contestó:

— Yo me llamo...

— Blanca — completé.

— ¿Cómo lo sabes?

Arqueé una ceja.

— Ah, claro —se ruborizó.

— ¿Quieres que seamos amigas? — me preguntó.

— Vale, ¿y... qué quieres hacer? — respondí.

— ¿Quieres comer algo?

No me había dado cuenta del hambre que tenía. Pero había un problema, no tenía dinero:

— Sí, pero no tengo...

— ¿Dinero? Invito yo – dijo Blanca sonriendo.

Después de comer fuimos al Parque Warner. Al final del día Blanca dijo:

— Me lo he pasado super guay, pero me tengo que ir a casa.

Entonces me acordé de su hermano.

— ¡Tu hermano!

— Sé que me está buscando pero...

— Tengo una idea — me fui hacia el bosque y Blanca me siguió.

Descubro mis superpoderes

2

— ¡Lidia! — jadeó Blanca.

— Este será un buen lugar — murmuré.

— ¿Qué...?— empezó Blanca, pero cuando vio lo que hacía se calló en el acto.

Había cerrado los ojos y estaba saliendo un árbol a gran velocidad. Al terminar caí de rodillas sobre la hierba.

— ¿Por qué has hecho eso?— me preguntó Blanca.

— Entra — dije señalando un agujero que había justo en medio del árbol.

Entró y la seguí.

— ¡Hala!— exclamó ella y sonreí.

— ¿Te gusta? — pregunté.

— ¡Claro! — afirmó mientras se sentaba en una seta bastante cómoda.

— Cuidado, es venenosa — bromeé.

— ¿En serio? – dijo levantándose de un salto.

— No —contesté intentando no partirme en dos.

— Ja-ja — dijo algo molesta—. Qué gracioso.

— Ay, perdón —me disculpé.

— Va, no pasa nada. ¿Me enseñas la casa árbol?

— Bueno... Yo tampoco la conozco —reconocí—. Oye, ¿te gustaría que... no sé... que vayamos viviendo aventuras juntas y ese rollo? ¿Dejar atrás...todo?

— Necesito pensarlo — respondió.

— Vale, pues... me voy a dormir — dije —. Tu habitación está arriba a la derecha. Adiós.

— Adiós —se despidió.

Al día siguiente me la encontré en el "sofá" de setas.

— Ya tengo una respuesta —dijo.

— Vale — respondí—, que quede claro, no me voy a enfadar si dices que...

— Acepto —respondió.

— Me lo temía bueno no pasa... ¿Qué? —me asombré.

— Que acepto —repitió—. Mis padres me tratan fatal y mi hermano me odia... Quiero empezar una nueva "familia" (como amigas) contigo. Si no te importa, claro.

— Vale, pues vamos a hacer un plan – propuse sonriendo.

Cuando terminamos de hacer el plan y conseguir llevarlo a cabo (que consistía en robar dos mochilas de la casa de Blanca) las llenamos de provisiones. Y después di un silbido y apareció un gran lobo negro.

— ¡AAAAAAHHHH! – gritó Blanca.

— GRRRRR — gruñó el lobo.

— Tranquilo, chico —le calmé—. Blanca, este es Leo. Leo, te presento a Blanca.

Cuando conseguí calmar a Blanca le dije:

— Y bien, ¿a dónde quieres ir primero?

— Mmm... ¿Nueva York? — sugirió.

— Allá vamos. Y fuimos a lomos de Leo hacia Nueva York.

Incendiamos casi toda Manhattan

(Dos años más tarde)

3

— ¡Corre! —le grité a Leo. Nos metimos en un callejón y despistamos a los guardias. Me reí: —¡Ja! El plan ha funcionado. Mientras les distraíamos, Christian está robando comida en esa tienda.

— Espero que no le pillen —murmuró Blanca.

Ah, por cierto, en dos años nos habíamos convertido en fugitivas y habíamos conocido a un chico llamado Christian.

— Mmm... puede que ya le hayan pillado, total, es un idiota – le contesté. No me di cuenta de que Christian estaba ahí.

— Vaya —dijo—, muchas gracias.

— De nada — dije partiéndome de risa. Él puso los ojos en blanco.

— Toma —me lanzó una bolsa de patatas.

— No tengo hambre — se la devolví.

— Bah —dijo pasando de mi—. Eres una cabezota. Ojalá no existieras. Es mucho mejor Blanca que tú.

Blanca abrió los ojos como platos. Y a mí se me llenaron los ojos de lágrimas, pero me di la vuelta para que nadie lo viera.

— Lidia... —empezó Blanca.

— No —me di la vuelta—. Me voy —cogí mis cosas, llamé a Leo y me fui.

— ¡Lidia! —gritó Christian—. ¡Era una broma! ¡Por favor, vuelve!

Miré hacia atrás y negué con la cabeza y le grité:

— ¡T-tú si-siempre me-me has...! ¡TÚ SIEMPRE ME HAS GUSTADO! Sé que yo no te gusto pero...

— ¡Sí me gustas! — me respondió.

Me quede pasmada:

— Bueno... A mí me da igual que te guste. Sabía que habías dicho eso de broma. No, no me voy por eso.

— ¿Y por qué? — me preguntó.

— Yo...verás... — me fui y me siguieron.

— ¡Por favor, no me sigáis! —les pedí con los ojos aún llenos de lágrimas. Y saqué una gran raíz de la tierra que habría hecho que se parasen. Pero ocurrió algo que no esperaba: Christian las quemó. No con una cerilla, si no, con sus propias manos.

— ¿Cómo?... – balbuceé. Entonces me acordé de una vieja historia sobre agua, fuego, tierra y aire—. No es posible.

— Parece que sí —respondió Christian.

— ¡Contrólalo! — le chilló Blanca. Las llamas se extendían hacia ellos.

— Da media vuelta, chico —le dije a Leo—. Subid —les ofrecí. Y subieron sin pensárselo dos veces. Leo corrió.

Llegamos a los límites de Manhattan y dije a Leo que parara. Nos dimos la vuelta y... ¡casi toda Manhattan estaba envuelta en llamas! Pero eso no me importaba ahora.

— Llevo toda mi vida buscando al espíritu del fuego ¡y lo tenía delante de mis narices todo el rato! —le reproché —. ¿¡Por qué no me lo habías dicho!?

— Bueno, no estaba seguro de que fueras tú.

— Pero y el espíritu del agua y el del aire... —los dos nos giramos hacia Blanca y luego nos miramos y asentimos.

— ¿Qué? —preguntó Blanca.

— Blanca... —empezó Christian —. ¿Has hecho alguna vez algo inexplicable con el agua?

— Pues ahora que lo diooo... oí.

— Eres el espíritu del agua —dijimos Christian y yo al unísono.

Por poco morimos aplastados

4

— ¡Venga ya! ¿Cómo voy a ser el espíritu del agua? — repitió Blanca por millonésima vez.

— No sabemos si lo eres o no — le dijo Christian otra vez mientras yo me aguantaba la risa—. Pero probablemente sí que lo seas.

— Vale, y ¿a dónde vamos ahora? – preguntó Blanca.

— Y yo que sé —le respondió Christian—. ¿A dónde quieres ir tú, Lidia?

— A París —sugerí en tono francés. O sea, sonó algo así como *"a Paguís"*.

— ¡Arre Leo! — dijo Christian.

— ¡Eh! —le espeté—. Yo soy la única que manda a Leo.

— Vale, vale —se disculpó a regañadientes.

— ¡A París, chico!

Y allá fuimos.

Cuando llegamos, que fue en dos días, también buscamos un hogar. Por suerte en París encontramos un buen sitio para que yo construyera una cabaña de raíces y Christian hiciera un poco de fuego. Ya era de noche cuando acabamos. Entonces tuve un mal presentimiento: algo estaba sucediendo en un bosque. Veréis, cuando pasa algo en la naturaleza, yo me entero. Igual que cuando encienden fuego, Christian se entera. No suele preocuparnos pero está vez era importante: eran gigantes. No eran personas de dos metros como los jugadores de baloncesto, no. Eran gigantes de verdad. Creo que Christian también lo presintió porque me miró y dijo:

—Tenemos problemas.

Asentí:

—Descansemos. Mañana hablaremos de ello.

Pero mañana era demasiado tarde. Al día siguiente había gigantes por todos lados. Blanca no entendía nada, puesto que ella se había quedado dormida mientras Christian y yo hablábamos.

— ¿Qué demonios pasa aquí? —nos preguntó Blanca en cuanto oyó los gritos de los parisinos y los turistas.

— ¡No hay tiempo para explicaciones! — le grité mientras la ayudaba a subir a lomos de Leo y hacía crecer ramas y raíces en torno a los gigantes. Christian los estaba quemando con llamas.

— Vamos, sube, Christian —le dije a Christian y subió inmediatamente.

Todo parecía ir bien hasta que Christian y yo la liamos parda. Primero Christian puso fuego en la planta del pie de un gigante e hizo que trastabillara. Después yo le hice caer del todo poniendo una raíz delante de él mientras se tambaleaba. Se agarró a la Torre Eiffel y la tiró... sobre nosotros. Pero una ráfaga enorme de aire la sujetó. Salimos de allí y nos quedamos asombrados. Seguramente diréis: "hombre, si hace mucho viento, es normal." Y yo también lo diría pero es que no hacía viento.

Blanca aprende a utilizar sus poderes

5

— ¿Quién o qué...?— estaba preguntando Blanca que había bajado del lomo de Leo.

— ¡No hay tiempo! ¡Vuelve a montarte en Leo!

Blanca lo hizo a regañadientes. Leo corrió y corrió.

Paramos en una parte de la selva del Amazonas. Lo sabía porque... bueno, porque lo sabía. Christian y yo fuimos preparando una pequeña cabaña. Estaba muy cansada, como Christian, pero a diferencia de él, la naturaleza me reconfortaba.

— Blanca —le pedí—, ve a por un poco de agua, por favor. El río Amazonas está por aquí cerca.

Ella asintió y se marchó. Christian estaba intentando hacer fuego y por poco se cae en la pequeña llama que había hecho.

— ¡Christian! — fui a socorrerlo—. ¿Estás bien? Necesitas descansar.

— Pero... —dijo con esfuerzo— está a punto de anochecer. Pasaréis frío.

Negué con la cabeza:

— Descansa.

En menos de un minuto ya se había dormido. Hice crecer un poco de madera donde Christian puso la llamarada y el fuego se hizo más grande. Le toqué la frente a Christian. Estaba helado. Le acerqué al fuego.

— ¡Lidiaaaaaaaa! —gritó Blanca al cabo de un rato.

— ¿Qué? —respondí.

— ¡Mira lo que se hacer con el agua! —hizo un movimiento con la mano y enseguida el agua salió de uno de los cubos de madera que yo había fabricado.

— ¡WOW! —exclamé y tuve una idea. Se la dije y ella me sonrió con una sonrisa traviesa.

— 1,2,3... ¡YA! —le lanzó el agua a la cara a Christian y se despertó en el acto.

— Os vais a enterar. Parece que ya sabes utilizar los poderes. ¿Quién ha tenido la idea?

Me declaré culpable encogiéndome de hombros y me persiguió. Intenté salir corriendo pero él era muy rápido. Pensaba que me iba a fulminar con una de sus llamas pero no, de nuevo hizo algo inesperado: me besó.

— He oído algo —dije cuando se separó.

— Ha sido el árbol mágico —dijo Christian irónico.

Blanca le dio cuerda:

— O el duende de las hojas— se rieron.

— No, en serio, he oído algo —dije cuando pararon de inventarse cosas. Ellos también lo oyeron porque pararon de reír.

— Sal – dije dirigiendo mi voz y mi mirada al lugar donde había escuchado los ruidos. Y ... salió.

Nos encontramos con "El que sujeta la Torre Eiffel"

6

— ¿Quién eres tú? —dijo Christian algo incómodo y se acercó a él con llamas en las manos.

— No confío en ti — le contestó —. En ellas sí, pero en ti, no — se le acercó con viento en las manos.

Ahogué un gritito. Yo sí sabía quién era.

— Por favor, no os peleéis —les supliqué, pero no me hicieron caso. Primero empezó Christian y luego él. Nadie pareció herido hasta que el Señor del Viento dio a Christian en la cabeza y se quedó inerte en el suelo con una herida grave en la cabeza. Seguía vivo, pero apenas.

— ¡¡¡NO!!! —grité. Cogí a Christian con unas raíces y me fui corriendo.

Cuando llegué a un acantilado, con la ayuda de Leo y fuera de la selva del Amazonas, creé una casa que tenía de todo, incluso comida y bebida. Le curé la herida con unos cánticos élficos y le puse junto al fuego, que hice yo. Fui a preparar una sopa caliente porque estaba helado. Le acomodé y le arropé con seda. Cuando empezó a despertar, le di la sopa caliente.

— ¿Qué...? —empezó, pero yo le besé y se calló.

— Te quiero —le susurré.

Me acarició el pelo y me dijo en el mismo tono:

— Y yo.

Luego se volvió a quedar inconsciente.

Cuando volvió a despertar, yo estaba entrenando *karate*.

(Ah, por cierto, se me ha olvidado mencionarlo, pero obviamente en esos casi tres años, me había cambiado de ropa. Ahora tenía un pelo y una camiseta de estas que llevan algunas adolescentes que enseñan el ombligo, pero a mí no se me veía porque llevaba el peto. Zapatillas...bueno no tenía.)

— Hola —dijo—. ¿Y Blanca?

— Blanca... se ha quedado con el chico ese.

— ¿QUÉ? ¿La has dejado sola con ese tío?

— Hay que ir con ella —decidí.

— Christian —le dije cuando llegamos—, debes saber que es el Señor del Viento, el que ayudó al Señor Oscuro. Así que hay que tener cuidado...

— Mentira. Eso no es así. Fue la naturaleza la que ayudó al Señor Oscuro. Te odio. Antes no me acordaba, pero no me gustas, das asco —decía Christian mientras yo abría los ojos como platos.

— Sí, es cierto, pero yo no soy como mis antepasados no quiero ayudar al Señor Oscuro a no ser... que no me dejéis opción. Como ahora.

— Espera, Lidia, que...

— Adiós, Christian – dije y en ese momento salió el ejército del Señor Oscuro —. Lo siento no me dejas opción. Nos veremos... en el campo de batalla.

Y me fui con el ejército.

Me convierto en un pájaro (más o menos)

7

— Bien hecho, Anderson —me dijo el Señor Oscuro —. ¿Cuánto tardaron en descubrir que eras de mi bando?

— Casi tres años, mi señor —le respondí haciendo una reverencia—. Desde el principio de los tiempos la naturaleza le sirve. Yo al principio no quería unirme, pero me di cuenta de que era mejor servirle a vos que a la Señora de la Luz.

Asintió:

— Soy un hombre de palabra. Así que es hora de recompensarte.

Chasqueó los dedos y de mi espalda salieron dos fantásticas alas blancas. Y añadió un cuchillo muy afilado.

— Gracias mi señor – volví a hacer una reverencia—. ¿Cuándo empezará la batalla?

— Mañana a esta hora.

Al día siguiente a la misma hora fuimos donde estaban los adversarios del Señor Oscuro. Sabíamos dónde estaban porque le había puesto a Christian un rastreador.

Una vez en el campo de batalla, estaba cara a cara con Christian.

— ¡AL ATAQUE! —gritaron los dos bandos.

Christian fue directamente hacia mí. Yo volé por encima de su cabeza y le até a un árbol.

— Mátale —me ordenó el Señor Oscuro. Y arremetí... contra el Señor Oscuro. Le clavé el cuchillo justo en el corazón y se disolvió en un polvo negro. Desaté a Christian y el enemigo se batió en retirada.

Cuando vimos que el enemigo huía, caí al suelo llorando y balbuceé:

—Lo-lo siento. No-no quería...Yo no sabía... que-que os iba a hacer daño. Me lo prometió.

Christian me puso la mano en el hombro:

— Yo también siento haberte dicho eso. Tú me gustas mucho — admitió poniéndose colorado —. Pero, dinos ¿por qué le serviste a él en vez de a ella?

— Verás, la Señora de la Luz jugó una mala pasada a mi familia y... quería vengarme. Pero no quería que os hiciese daño. ¿Me... perdonáis?

— ¡Claro! —asintieron a la vez.

— Molan esas alas —dijo Blanca cambiando de tema y sonriendo.

— Ah, pues... ¡gracias!

Di unas vueltas con las alas. Y caí en la cuenta: no había muerto.

— El Señor Oscuro no ha muerto. Solo ha escapado.

— Entonces hay que avisar a la reina. – dijo Blanca y asentimos.

— Leo — llamé.

Vamos a palacio con malas noticias

8

— ¿Cuánto tardaremos en llegar? —preguntó Christian.

— Si vamos por tierra, 10 horas -le contesté.

— Si vamos por aire, 2 horas —contó el Señor del Viento. Y entonces caí en la cuenta de que no nos había dicho su nombre.

— ¿Cómo te llamas? —le pregunté.

— Adrián —dijo. Me sonaba su nombre—. Adrián Anderson.

— Mi-mi... ¿Mi hermano? — Adrián asintió.

— ¿Y tú, Christian? ¿Cuál es tu apellido? —le preguntó Blanca.

— Rodríguez.

— ¡Como yo! —chilló Blanca —. ¿Aquí todos somos hermanos o qué?

— ¿Pero cómo puede ser tu hermano? —le dije—. Solo tenías un hermano, Jack.

— Antes tenía otro hermano, pero mis padres lo abandonaron — confesó Blanca.

— Bueno, ¿por dónde vamos? —dijo mi hermano.

— Por tierra es muy peligroso. Así que mejor por aire. Pero solo podemos volar tu y yo, Adrián—le dije.

— Cierto —coincidió.

— Mmm... ¿Y si tú, desde el aire nos avisas de por dónde hay que ir? —dijo Blanca.

— Buena idea —asintió Christian.

— De acuerdo —accedí y nos separamos: mi hermano y yo por el aire, y Christian y Blanca por tierra.

— ¡Cuidado! -les grité al cabo de unas horas. Saltaron a un lado justo antes de que una planta carnívora les devorase.

— Gracias.

— De nada —les contesté—. Oye, Christian. ¿Te importa que hablemos un momento?

— No que va.

Hablamos en un lugar en privado pero no nos dimos cuenta de que Blanca y Adrián nos siguieron. Nos pusimos el uno frente al otro y le dije:

— Siento haberte atado contra un árbol.

— No importa. Sé que lo hiciste sin querer hacerme daño.

Y entonces oímos la voz de Adrián que gritaba:

— ¡1, 2 y...! ¡3!

Adrián empujó a Christian y Blanca me empujó a mí. Christian y yo nos besamos.

— ¡Olé! -grito Adrián mientras Blanca se partía de risa. Christian y yo nos separamos.

Cuando todo se calmó Blanca preguntó mientras caminábamos:

— ¿Cuánto tiempo falta para llegar al palacio?

— Pues... si ya llevamos 9 horas caminando en total... ¡Una hora!

Durante esa hora nos pusimos a contar chistes. Entonces me acordé de que ya deberíamos haber llegado y ellos también se dieron cuenta, porque dijeron:

— ¿Qué...?

Y salieron dos hombres de la Guardia Real de la Reina de la Luz:

— ¡Alto! ¡Os llevaremos derechitos a la reina!

— Oigan, que no... —intenté aclarar pero me dieron un golpe y perdí el conocimiento.

Cuando me desperté vi que estábamos en el palacio. Y ante nosotros se hallaba...

Nos dan una sorpresa

9

— ¡Majestad! —dije arrodillándome como Blanca, Christian y Adrián.

— Lidia Anderson -llamó la Señora de la Luz desde su trono y fui temblorosa hacia ella.

— ¿Sí-sí, majestad? -susurré.

— Nos has traicionado para servir al Señor Oscuro que no está muerto, pero sí agotado. Le has ayudado pero luego, al ver que hacía daño a tus amigos, te has vuelto contra él —señaló pero no enfadada —. Tu defecto fatídico es la lealtad. No dejarías que nadie en el mundo hiciese daño a tus amigos ¿no?

— No, señora —admití sonrojada mirando a Christian.

— Bueno... pues os daré una recompensa por haber derrotado al Señor Oscuro. Pero tenéis que demostrar que sois dignos de ella. Mañana comenzarán las pruebas. Mientras tanto alojaos en las habitaciones 16 y 17, pues solo esas están libres.

Nos repartimos las habitaciones, chicas por un lado y chicos por el otro. Nos duchamos y comimos hasta hartarnos. Luego fuimos a los jardines reales que eran realmente alucinantes. (¿Lo pilláis? Realmente… Bueno sigo con la historia que me estoy yendo por las ramas.)

Adrián y Blanca querían hablar solos. Christian y yo continuamos caminando a solas. Al poco rato oímos a Blanca y Adrián que nos estaban llamando. Salimos y los cuatro juntos fuimos al palacio.

Sobre las tres de la mañana me levanté. No me podía dormir así que fui a volar un rato.

Al día siguiente comenzaron las pruebas. Eran bastante fáciles así que las logramos superar y demostrar nuestro valor. A Blanca y Christian les pusieron las mismas pruebas pero a mí y a Adrián otras diferentes a ellos. Según la Reina de la Luz, Adrián y yo éramos una Patrulla Voladora. "¿Patrulla? ¿Por qué nos habrá llamado patrulla?", me pregunté. Pero más tarde lo comprendí.

Cuando terminaron las pruebas (que las ganamos todos) la reina nos dio la sorpresa.

— Atención -dijo—, voy a anunciar la sorpresa.
Me removí inquieta.

— Christian Rodríguez. Acércate.
Christian se acercó y se arrodilló ante la Señora.

— Christian Rodríguez, yo te nombro... ¡Capitán de la Guardia Real!
Hubo muchos aplausos.

— Blanca Rodríguez. — Blanca fue temblorosa —. Yo te nombro... ¡Organizadora de Guerras!
Más aplausos.

— Adrián Anderson. — Mi hermano fue bastante sereno —. Yo te nombro... ¡Cocapitán de la Patrulla Voladora!
Aplausos.

— Lidia Anderson — llamo la reina por último.

Me acerqué hasta la Reina de la Luz y me arrodillé frente a ella.

— Yo te nombro Princesa de la Luz. — Se hizo un silencio. Y Capitana de la Patrulla Voladora.

— ¿Por qué princesa, majestad? —pregunté alucinada.

— Eres mi hija adoptiva, Lidia. Estoy feliz de tenerte de nuevo en casa. Vuestra primera misión será... luchar contra el Rey Cristalino en el Imperio de Cristal.

Y así fue como nos probamos a nosotros mismos. Pero esa será otra historia que contar.

Printed in Great Britain
by Amazon